舌尖上的蜜

杨十八　著

中国出版集团
现代出版社

图书在版编目（CIP）数据

舌尖上的蜜 / 杨十八著. -- 北京 : 现代出版社，2017.7

ISBN 978-7-5143-6300-5

Ⅰ. ①舌… Ⅱ. ①杨… Ⅲ. ①抒情诗－诗集－中国－当代 Ⅳ. ①I227.2

中国版本图书馆 CIP 数据核字（2017）第 174603 号

舌尖上的蜜

作　　者　杨十八
责任编辑　李　鹏
出版发行　现代出版社
地　　址　北京市安定门外安华里504号
邮政编码　100011
电　　话　010-64267325　010-64245264（兼传真）
网　　址　www.1980xd.com
电子邮箱　xiandai@vip.sina.com
印　　刷　成都新千年印制有限公司
开　　本　880×1230　1/32
印　　张　6
字　　数　46千
版　　次　2017年7月第1版　2017年7月第1次印刷
书　　号　ISBN 978-7-5143-6300-5
定　　价　32.00元

目录 CONTENTS

子夜情歌

月华如练

丹桂飘香

红袖添香

飞天女神

子夜情歌

恋情歌

这一段台阶路
是狭小的舞台
你用一根冰凉的手指
指引着爱的方向
我从猴群里
瞬间温暖
瞬间过渡到人间的天堂
多希望背负着这份非凡的爱情
走向地老天荒

姐姐
此刻你是最深情的称呼
用我的方言
用我真实的口语
你瞬间的震颤
是我无限的满足

姐姐
你的蝴蝶正在飞舞

不让每一朵花
在昏暗中枯萎
我拥抱着梦想
美丽的西施
却飘然入怀

迷情歌

把玲珑的心装上陈久的忧伤
辞别了凄清的网
辗转在冰凉的床
姐姐
凌晨三点
小窗外寒雨嘀嗒
回忆着中秋的月光

姐姐
这一夜时光漫长
我用灵敏的嗅觉
寻找你留给我的芬芳
山路弯弯
把爱绕进幸福天堂
把我撇在寂寞海洋

烟雾迷离了故乡
姐姐
你的容颜刻在我的心房

你的眼泪却淌在
谁的枕上
听我的哨声
激动的琴弦在你心中弹响
有位伊人在水一方

沉重的夜铺天盖地
刺痛了相思瘙痒
姐姐
我已望穿秋水
承受着一样的世态炎凉
我已病入膏肓
透支了明天与爱分享

深情歌

这一杯不是酒
是我们轻浅的缘分
向往一个梦的夜晚
感受着喧嚣的孤寂
炉火边的冷
姐姐
我在不断地放弃
沉重的浮躁
本色的灰尘
只有你仍然是执著的唯一

拂去眼前的酸涩
望尽天边的浮云
曾经甩去艰辛的泥泞
总是缀着爱恋的衣裙
风里雨里
尽管雨伞已经支离破碎
姐姐
我定下精神

仍然看到你的眼睛

不断回忆的早晨
静谧的沉醉
岚雾的清新
心动着你的心动
呼吸着你的呼吸
是佳偶寻觅三世
是好人相伴一生
姐姐
这一滴泪水
浸透思念的黄昏

携手漫漫征程
在无助的夜晚
渴慕着你的偎依
姐姐
小镇的世故人情
锁住我春的梦想

飘摇着我夏的温情
习习秋风
缕缕冬韵
下一个四季
叠着上一个四季

离情歌

望不透你的天堂
是不是有青绿的阳光
姐姐
那是春天
左一下撞在你的腰上
右一下撞在我的心上
云层低矮
缀满了无名的忧伤

情破金阳
雾锁山冈
悲情数点
穿梭在移动梦网
姐姐啊
你如水的涟漪
今日波涛汹涌
撞在自己的胸膛

我在偏远的夜郎

在穷山恶水中徜徉
怀念你笑着哭着
把世界扛在瘦小的肩上
姐姐
持续的付出
如今却只有清风两袖
清泪两行
却不能一个人独来独往

纵使我伶牙俐齿
不可以一诉衷肠
纵使我一怀柔肠
不可以惜玉怜香

姐姐
我不甘心站成看客
看莲花挣扎在浑浊的池塘
看天使折了美丽的翅膀
挣扎在不归路上

在凄风中钻心的冷
在苦雨中透骨的凉

婚姻是一场幻想
爱情全部都走了样
我要如何伸手
才握得住你的悲伤

幽情歌

才把莲花收葬
秋天就来了
一片一片的落叶
书写着整个夏天
从湖畔到长街
悠悠的流连

才把春装卸下
岁月就白了
一道一道的沧桑
书写了很多季节
从家乡到异乡
踉跄着盘桓

才把房门打开
思念就来了
一缕一缕的情丝
浸透了无限温暖
从年轻到年老

充盈着辛酸

姐姐
莲花是你的脸
曾经的眼眸
在无限的深邃里
在悠悠的岁月里
幽幽的定格
从夏天直到秋天
从年少直到年老

真情歌

弱水三千
我只要清净的一溪
浣尽衣上尘埃
柔柳扶风
袭满一体春香

崭新的裙裾
是一脉的花
且娇柔且鲜艳
夺尽了春魁
在妖娆的鸟语里
流动点点晚炊

扬起抚琴的手
扬起水袖
燕子剪剪飞来
婉转的竹笛
沉醉着你的怡然
装饰着我的梦韵

叠进蝴蝶
或者玫瑰
荡漾着脸的红润
一抹白云映照
静谧的爱情

怨情歌

仰望悲悯的苍天
找不到阳光的笑脸
四壁凄怆
双目哀叹
仿佛一次刻意的玩笑
竟然有幽怨无边

吟哦着呜咽
聆听你叨念的另一门语言
相识还在正午
相知已到傍晚
曾经熟悉的笑谈
难耐着今日的沉默

梦里不断的涟漪
荡漾着莲花的颜色
寻不到点点闲情
晓风送来一树秋叶
满目的萧瑟凄然

满把的相思堆叠

地久天长妄言
细小的情节
被蛊惑的疑心看偏
丢得下狠心辜负
割不断曾经缠绵
两袖清风笑我
醉了痴心
瘦了容颜

苦情歌

点点的泪珠挂在腮边
今夜辗转反侧
在叹惋中祝福
在祝福中叹惋
好人一生平安

点点的悲伤盈满心田
生命苦短
生活如刀似剑
躲得过白天
躲不过夜晚
烦恼揪心
找不到远行的航线

点点的伤痕爬上容颜
红尘滚滚
来处渺茫
去处辽远
天堂和地狱只隔一线

甜蜜在西
苦涩在北

点点的心思历久弥坚
遭遇过时间的老
空间的阔
萧条是冬季
花开在春天
初日的向往
晓月的怀念

别情歌

用夸张的喧哗
掩饰内心的无奈
姐姐
我站在你的身边
听着你的絮絮叨叨
没有搭话

用无聊的技艺
消磨眼前的惆怅
姐姐
我浅浅的心扉
浸满了离别的苦楚
望着你的忧伤
才明白爱莫能助

姐姐
秋天越走越深
我们也会越走越远
挡住秋天

我只乞求一片叶子
留住牵手的记忆

如今昙花已经凋零
你翡翠的心思
因云而迷蒙
因夜而憔悴
可恨爱恋太沉
此生如何提起

无情歌

今天的牢骚很深
它从以前点点积累
从早晨到黄昏
让你的耳朵失去了耐心
失去了最后一点点
接受的勇气

犯不着这样折腾
底层人得不到葡萄
就只有这样的骨气
然后戴着脚镣
走着荆棘

曾经的一次牵手
已经渐渐迷离
现在不断搏击向往
早已经不再年轻
转身学会安于天命

不愿意留着脸上的泪痕
也不愿意在明天
缠绵着今天的折腾
如果握不住手
不如就此放弃

月华如练

渴望重逢

昨天的岁月
就是一场梦
在柳丝依依的风里
缠绵的雨
许给我们温暖重逢

昨天的诺言
只是一场空
在机械重重的命里
不眠的月
见证我们心碎的痛

昨天的祝福
更是一片虹
在泪水荧荧的梦里
心中的爱
伴随我们穿越时空

月华如练

月华如练
是诗人的圣诞
在荷塘边
在莲池畔
诗意玲珑
树影阑珊

月华如练
是情人的佳节
在兰桥边
在鹊桥畔
爱意连绵
云影翩跹

月华如练
是赞美的诗篇
在人流外
在溪流间
花开晶莹

燕语呢喃

月华如练
是美丽的夜晚
在秋天后
在春天前
你来彳亍
我去留连

温柔拂面

到了霸陵桥
摘下一段柳枝
我泪流满面

姐姐，你一路走好
这一去
黄尘万里
风沙扑面

你说
将尽酒
我说
杯莫停

姐姐，他们有灯红酒绿
他们有风花雪月
而我，只有姐姐
长袖善舞
温柔拂面

不要沉默
我们要话语不断
世界待我们太薄
我们只有今天

美好的结局
我在你眼里
你在我心间
然后，面对自己的世界

五点的宴
六点的船
姐姐，这是美丽的冬天
用一朵梦幻的花
温柔拂面

姐姐，你的手温柔
你的心温暖

你的长发在怀
温柔拂面

纵然万水千山
我们一线相连
纵然世态炎凉
我们一情相牵

轻浅的沉醉

打开村舍的眼睛
平视累累的伤痕
姐姐
心外汽笛阵阵
心里叮咛声声
不能太远
也不能太近
守在莲池
看轻风惹花
无烟无尘
轻浅的沉醉

金钟山矮小
不能藏龙卧虎
一席森森古木
经不起繁华的折腾
那些银杏的新芽
旧年的缘分
前世的烟

后世的尘
姐姐
我不会太远
也不会太近
轻浅的沉醉

仰望着银河
沉醉在你的轻浅
想念一块纯洁的云
云下是我
云海苍苍
云上是你
云雾腾腾
姐姐啊
你没走太远
我没走太近
从未打破相守的平衡

菊花谢了还香

那是你的心声
雪花落了还飞
那是梦的精灵
沉醉在你的轻浅
飘飘的衣裙
痴迷了我的眼睛
不是天仙就是水神
姐姐啊
远有远的距离
近有近的方寸

日有日的昏暗
夜有夜的明媚
一春的阳光
孕育了草长莺飞
一望的温暖
浇灌着诗意晶莹
姐姐
轻浅的沉醉

绕着莲池
不近不远
守住缘分
不离不弃

用就用爱恋的眼神
唱就唱优美的旋律
伤的是你的体
疼的是我的心
沉醉着你的轻浅
一生都不是远
在轻浅中沉醉
一世也不是近
姐姐
让寂寞翩翩起舞
让相思如诉如泣

知音

在萧索的风中
我把琴弦铺开
烛光点点
梧桐叶满地
长弦短弦
激情满怀

在激灵的水边
因你不来
月色不舞
莲花不开
整个花园都在沉寂
整个思绪都在无奈

直到夜色已老
直到烛光不再
直到泪尽
直到琴摔

直到桑田沧海

高山流水还在
如今有谁明白

网的寂寞

流星在眼前穿梭
情人在梦里湮没
热血一滴两滴
菊花一朵两朵
网住寂寞
网住恋歌袅娜

青春在梦里消磨
QQ在眼前闪烁
笑靥一片两片
泪花一朵两朵
网住寂寞
网住恋歌婉约

轻轻地你走了
带走了笑的明媚
带走了我的快乐
轻轻地你走了
留下了破碎的网
留下了我的寂寞

蜕变的蝴蝶

在不起眼的茧里
你在沉默中使力
那是我无法做到的
跟自己的过去决裂
生命因此转折
也因此充满挑战

其实荆棘的路已经走过
往后的日子
在勾人魂魄的美丽中
飞翔着完美无缺

今夜有如新生命
将在你的阵痛中分娩
寂寞里
有我的祈祷
孤独里
有我的祝愿

痛快的曾经痛苦
可爱的曾经可怜
你将用自己的牙齿
突出蛹咬开茧

放下身上的得失
放下心里的怨毒
极目天空
放下连续不断的黑夜
振翅高飞
放下昨天的灾难

姐姐妹妹
情人爱人
敢于告别过去
有谁不是
蜕变的蝴蝶

楚楚的蝴蝶

不要把爱情看得那么美
楚楚的蝴蝶
忘却过去其实很不容易
两情天长地久
其实只是最善
最美最真的祝愿

看着翩翩起舞
充满怀念
那些青梅竹马的
其实只是毛毛虫
而今羽翼长成
谁还会寂寞地行走

最后的蝴蝶
翩翩然起舞
我的眼睛生疼
记不住那些灿烂的笑容
注定的

我不会走得太近
也不会走得太远

楚楚的蝴蝶
把爱情辉映得真实可怜
风往这边吹
夜往这边斜
南柯一梦
多少浮云在眼

如今冬天无处不在
在落与不落的花瓣里
爱情已被婚姻覆灭
梦里的桃花依旧
我找不到还在飞舞的蝴蝶

楚楚的蝴蝶
是世人误解的爱情
她飞来飞去

翅膀上绣着诀别
遐想是我的心疼
留恋是我的命浅

十二月三日的路上

（一）

一种凄切的情怀
我在城里
你在城外
读着生活的悲哀

我在城里
在机械的线上
迷惘着双眼
空白了脑袋

你在城外
在繁忙的路上
听音乐流行
看风景两肩排开

乖乖
我的船载不动愁

你的车载不动哀
用一段恩赐的缘
把寒冷扫尽
用一线牵挂的情
把幸福灌溉

（二）

将熟悉收起
将陌生化妆
在车轮滚滚中
回首尘土飞扬
遥望美奂故乡
无尽思量
穿梭在贵遵路上

岁月渐渐枯黄
温婉的昨夜
为这双执笔的手

曲直俯仰
为奔流不息的乌江

为一场超女的约会
女儿无尽遐想
掠过苗岭的青
松针的香
掠过我粗犷的胸膛
冰凉的肩膀

汽笛飞鸣
你的笑脸
仍在我的幸福里荡漾
转脸凭窗
我的祝福
仍在你的眼睛里闪光

（三）

拎着行包

拄着依靠
在孤独的人群里
谁是我熟悉的微笑
如迢迢仙
如灼灼妖
用愉快祝福
用快乐祈祷

如仙洁莹
如妖窈窕
在城市的森林里
心雾缭绕

思维奔跑
谁是我熟悉的微笑
一生幽雅
一生骄傲

这样的热闹不要太多

在灯火阑珊
在眼泪深处
把自己寻找
花孕一春
花开一朝

（四）

我只要一张口
姐姐啊
就有爱意绵绵
你只要一伸手
姐姐啊
就有温情翩翩

我是今夜的浪子
冷落在炉火前
你是昨晚的蝴蝶
漂泊在霓虹边

今夜乌云密布
找不到梦的边缘
昨晚星光灿烂
腾不出爱的空间

姐姐啊
怎能说音容笑貌
就只是过眼云烟
怎能说青春无悔
就只是再生情缘

今夜天各一方
不能相守
梦幻着你的冷暖
温柔拂面
一如在线

玲珑心思

我是一颗棋
在工作的棋盘上
移动着疲惫的影子
我还是笑着
没有人知道
疲惫之外
我还有玲珑的心思

我是一个兵
在生活的战场上
移动着疲惫的身子
我还是笑着
没有人知道
疲惫之外
我还有玲珑的心思

玲珑的心思
玲珑的诗心
盈盈是无限追求

柔柔是知足至爱

我问红尘满天
于我何碍
我笑红尘满怀
于我何害

长相思

长相思
在广袤的距离中
注定有山河相隔
才会有凝眸眺野
万水千山
疯长着荆棘和藤蔓
就是千里眼
也只合望了欲穿
冬夜漫漫
找不到自己的知觉
只有爱恋依然长长
迎着风雨宜歌宜吟
把花唱红
把天唱蓝

长相思
在流水的岁月里
你是寂寞深深
我是忧郁绵绵

一眼偶然
把知音的弦弹紧
摘一捧菊花
品一杯香茗
不相疑的眼神
从洛河的仙女
到楚辞的山鬼
用你温润的心
把情唱真
把爱唱甘

长相思
用雪花的盼望
守候着冬天
在怀中
在枕畔
你明澈的呼吸
缓缓撞击我的心田
让青春张狂

花香的气息
让血脉舒张
倾斜的梦幻
深深浅浅的爱情
把思念盛满

长相思
从清明的柳叶滴露
到中秋的彩云追月
从纯洁的羞涩
到痴心的爱恋
以不相忘的信念
执着起未竟的誓言
背起你
海枯石烂
抱起你
天崩地裂
你是我柔情万分的水
我是你豪情万丈的山

看花开花落
月缺月圆
永远有多远
相思就有多远

蝶之恋

我已经为你开放了花
一天两天
一年两年
你想潇洒就潇洒
你想灿烂就灿烂

我姹紫嫣红
我风华无限
我默默无语
我随风开谢

你是我的诗
从抒情到言情
我是你的眼
从温柔到缠绵

你跳着舞来
找到玲珑的季节
你唱着歌来

看到美丽的诗篇

看着你衣裙五彩
秀丽可圈
看着你风姿绰约
妙不可言

我流进你的脉
做你的血
你靠着我的肩
做我的叶

我的鲜艳
离不开你的美丽
你的笑脸
离不开我的纯洁

那一刻

那一刻
细碎的雨飘洒在发尖
风起呜咽
啁啾的百灵婉转
握着半生的爱恋
透过冰凉
我看不到雾底的蓝天

那一刻
往事流连
一路走过的台阶
一起度过的夜晚
望着熟悉的温婉
握着易碎的爱情
放得下昨天
放不下明天

牵手围绕挺拔的树干
分手

合不上爱的眼帘
忧郁的仙女散花
轻扣了一点两点
那一刻
流浪的心曾经靠近
家的港湾

烟消云散

我很在意天边的云
他们或沉或浮
或清或浅
姿态如心情闪现

我很在意身后的烟
他们或浓或淡
或直或弯
心情如姿态缠绵

我怕一切如云烟过眼
才一转头
一切就烟消云散

姐姐

叫一声姐姐
五味俱全

酸是眉宇的线
纵使千言万语
化不去相思点点
你觉得我走得太近
我却觉得你离得太远

甜是心中的蜜
如太阳浮在长天
长天只给我乌云一片
我却看到了心底的蓝
执着是飞翔的羽翼
前程是万重关山

苦是眼角堆恨
期望在琴声里盘旋
抑不住风雨凄迷

从清晨到傍晚
左一眼是鸟语花香
右一眼是举步维艰

辣是喉头火焰
过多的茅台国酿
往事如云
网事如烟
辗转过众多的时间
和无眠的空间

涩是唇间的咸
那些奔腾的血
绚丽的镜中花
玲珑的水中月
这个早晨话语不敏
无尽的呜咽

姐姐

如果可能
把我们还给自己
还给从前

本色的红唇

看着无神的我
她从春天探出头来
痛并快乐着
就这样
我倒在春天的床上
成了夜晚的主人

这样的本色让我着迷
粉红的桃花开满三月
让我的眼睛
闪烁着寻觅的光
我不断地寻找
甜蜜的足迹

满山的花朵
都是属于春天的
她说你可以采摘
任何一朵
或者两朵

我不想再听下去

我不想采花
我只想依偎着春天
看她慢慢走过
风里的温馨
和雨夜的迷离

注定要在夜晚谈论阳光
甚至是阳光下的故事
给我点自由的时间
和光明下的空间
给我自信和勇气
我将拥抱着
自己的春天
和玫瑰开放的夜晚

我不是游离于追逐
也不会麻木于满足

空幻的寄托
很想认真地说
你们都走吧
我要本色的夜晚

看着无助的我
她从夜晚探出头来
我有本色红唇
就这样
我倒在虚拟的床上
成了这夜的俘虏

丹桂飘香

忘忧草

给我一根忘忧草
不管什么颜色
我不想让忧愁
再次长满我的秋天

没有赶上春天的花
心情已够失望
当夏天冉冉而去
我又发现
更多的热情都被浪费
或者是无知
或者是幼稚
辜负了芬芳和纯洁

再次拥有秋天
我得像个男子汉
即使没有镰刀
也可以用手去扯断荆棘
眺望一方蓝天

给我一根忘忧草
我将跋涉着
忘记怀念的颜色

夜玫瑰

（一）

我是歌者
秉一支彩烛
在欢快的旋律里
虔诚祝福

我愿美人的长袖
拂动一秋的温馨
不争的素面朝天
期盼着人间的安详

我是歌者
以祝福的名义
分享快乐
掀起了一村的波澜

我愿最早的玫瑰
馥郁地开在夜里

为稻香芳菲的梦靥
斟满了幸福

我是歌者
以祝福的名义
涤荡肺腑
扫尽一切的污浊

我愿最晚的玫瑰
仍然开在夜里
为这一夜的爱情
长驻着青春

（二）

夜晚已晚
我为一朵玫瑰惆怅
窗外就要飘来五月的阳光
这一朵玫瑰长在乡下

谁可以帮我移到身旁
让我可以独自一人
是已晚的夜晚
静静观望

乡下是我熟悉的故土
许多花开花落
早已经淡看了人生
就算话里的机锋成刺
也于我无益
于花无害
更无畏面对阳光或者阴霾
谁来收拾四月
谁来弥补五月
谁可以让进城的路更加通泰
不要将任何一朵玫瑰掩埋

此刻我面对键盘发呆
手指的芭蕾

显现得异常苍白
及时的隆重的道歉
也没敲醒受伤的心扉
现代的科学
还是有着永生的悲哀
四月将尽　五月将来
玫瑰的花期
搅乱了我心中的无奈

浅吟低唱

那些来于遥远
又必将走去遥远的
正在缓缓离开
爱情　跟生活往往无关
这样的教诲历历
至少空荡荡的生活
正在被富饶的物质
和　空虚的精神虐待

只有一个个夜晚
远离尘世喧嚣
和　八面玲珑的诱惑
越过麻将　越过酒肉臭
再找一找当年的书香
找一找当年的爷们
大拽拽地让一个妞两个妞
才艺伺候

春天不来

黄金时段早已经被金钱
完整收买
絮絮叨叨的浅吟低唱
总是不合时宜
总是被昨天淘汰
你的花开　风来
香却不来

写在春天的花蕊上

那些年，我多羡慕青帝
一只手掌着风
一只手拿着花
爱怎么着就怎么着
让花前的才子
甘愿与春同住

那些年，我甚至妒忌风
可以随意到每一扇窗前
敲醒任意一个姑娘
任意的一朵花
爱怎么着就怎么着
把春写在花蕊上

猫的叫声
注定了春天的凌乱
写在春天的花蕊上
现在的人们想着现在
从前的人们想着明天

也许只有鸟知道

最先飞来的就是鸟
它只有懂得保护现场的技巧
才可以将自己洗得清白
其实，谁也没法洗白
因为水已经肮脏
充满了罪恶的庭院

没有谁知道
下一个笑出声来的是谁
在灾难面前
有谁曾经做好了准备
放下鱼钩
准备着出卖这一个月夜

也许只有鸟知道
风是谁的亲戚
为什么她那么大的声响
仍然没有告诉我们
谁才是下一个歌者

我们的夜晚
被思想渐渐洗白

丹桂飘香

唯有你的红
是绝世的爱情
从北方直到南方
从正月直到九月
我的生命如船
被你的香摇动
被你的香挤满

额上的一抹皱纹
让我珍惜青春
紊乱的爱情
失去了爱情的重点
唯有你的颜色
背负着偌大的沉重
走在我的视野

我的思想从此紊乱
我的脚步从此零乱
在秋风满园

遍地碎金
唯有高挂树梢的香
照料着世间的平坦

我的眼睛从此紊乱
秋天　春天
四季　一季
唯有你的颜色

为一片树叶呼吸

整个秋天
都在为一片树叶呼吸
整个下午
都在为一片树叶吃惊

我直不起腰板
脆生生的爱情
早就被金钱和美貌俘虏
你一直生在幸福里
却被自己的欲望俘虏

整个秋天
都在为一片树叶呼吸
整个晚上
都在为思想的艳遇忏悔

为了从前
你耗尽了明媚的春天
为了未来

我想揪住烟花的爱情

轻浅的爱情
整个下午缤纷围绕
整个晚上不肯离去
映照着千百种哭声
整个秋天
和一片树叶的爱情

多年前抑或多年后
哪一声是我
哪一声是你

一朵花的传说

在秋天的城市
在荒芜的庄园
一朵花将要开放
很不守时
也不守规矩
一朵桂花
将要在一株草尖开放

早已经有人布置完毕
这朵花开放的全过程
将向植物的世界
现场播放
很多人提前离开
不忍看花开的过程
或者是花开的结局

其实这朵花损害了很多花
她独自占据了舞台
而让许多美丽的花

提前凋零
甚至是在未开放之前
就已被埋没

我不是那朵花
也不想做另外的花

唇末

直到夕阳西下
直到归途在慢慢黯淡
我们仍然沉浸在
堆满记忆的地方
任青春烂漫跳动一地
阳光从脸上滑落

唇末的光
慨叹着风华已逝
她带给你什么
又带给我什么

无端的惆怅
为未知的未来着急
甚至为你的不在魂不守身
牵挂着为你承担
眼睛的劳累

滑落的欢笑

在纸巾上湿润
无数的叨念
在唇末无端惆怅
在不经意间的放弃
和拾取不到的珍惜

未竟的约会

这是一生的邀约
在小雪的絮雨中
我听到你均匀的呼吸
你的素手
再一次怂恿了
我全身的血液

我们将在一个假期起飞
双宿双栖
从高远的雪山
到粗犷的草地
最后落脚在宁静的村居
枕着你的衣裙
没有舍不弃的名利

一个年轻的假期
粗暴地践踏了爱情的浪漫
从此　天伦的乐趣
成了难以逾越的纪律

每一个冬季都有
寒风冷雨
可我们的心里
却藏满了十足的柔情

躲不过的夜晚

第一个举起火把的
第一个点起明灯的
他们都不知道
这些人造的光明
不足以躲过夜晚

当华年锦绣
那些绵绵的情话如丝
如缕　总是沿着夜
沿着风的气息
芳香一如少女的唇

霓虹灯也好
夜总会也好
总会在夜晚受伤
城市以及乡村
一条长长的脐带
到底谁给谁源源不断的养分

一个人的夜晚
一群人的夜晚
谁在轻歌曼舞里笑
谁又在守着落寞的疼
当最后的晚霞溜走
就涌出来很多夜的精灵
像折腾敌人那样折腾自己
直到冬尽　直到春深

红袖添香

绛红的咖啡

既然出现在成都平原
那应该是一种成熟的体现
有都江堰的流水
用草堂掀下的茅草
用川妹子特有的辣
一杯咖啡
红的咖啡
绛红的咖啡
你的特色
不知需不需加盐

这样说来有点可笑
但这是一个成熟的故事
白头偕老的主人公
初次见面
为了掩饰尴尬
男孩说　给我的咖啡加点盐

这本是一句谎言

但却由此粉碎了女孩的芳心
由此而走成一串
由此牵手
由此　而在女孩的咖啡里不断放盐
直到临终
他才坦言自己的谎话
直到他的临终
当年的女孩垂泪
你真傻　但我希望你再骗我一辈子

我的咖啡正在盛开
我必须在炎热中坚持自己的故事
我揩过了一遍又一遍的汗
我淌着一滴又一滴的血
突然　蝴蝶翩翩起舞
玫瑰款款绽开
绛红的咖啡
一下子炫目地耀眼
犹如一挂长长的礼裙

等待庄严的盛典

我只是情满一握的书生
却被冷落在殿堂的千米之外
我没有触手
无法品尝
我只能凝眸观望
千米之外　烟雨蒙蒙
蝴蝶飞来飞去
玫瑰花开花谢
咖啡　红与不红
都仅存于眷念之中

星夜的飞翔

像梦一样柔柔的语言
那个地方　我知道
有一种明星般的新药
一下子拉近了我们的距离
但我还是不敢大声欢笑
怕惊动一天星辰
他们一直是很有秩序的排列

我在忙碌中感到苍老
在夜中不敢沉沉睡去
只是缘于一些相会
缘于一种渴盼我们越走越近
在无边的夜色中
梦很纯洁　飞翔也很纯洁

举着一片细小的天空
我们越发透明
朝着满天星辰
我们选出了前进的方向

然后飞翔
即使步履艰难

我只能搭乘诗歌的战车
轻快地宣泄浓烈的情感
我知道徘徊对于我们都于事无补
但我仍在徘徊
一处辉煌的殿堂
无比晶莹
飞翔从此充满了诱惑

但是　我很快被生活迫降
或者沼泽　或者荒原
我在思索和飞翔的姿态
飞翔的高度
飞翔的起点和终点
但我的双眼很快蒙胧
拭在手中
却发现满地的钦羡和祝愿

沙漠的天堂

那是早晨六点
我伏在电脑边　迷糊
我在等你
你的时差很准确
当然　也许你已经到来
就是不愿意见我
在歌声中
我的房间渐渐热闹
但是　没有你

这是周末
如果你是学生
就应该不上课
但是　你会用这样的时间
去那些你想去的
公园　离开了学校的公寓
离开你自己的服务器
即使你知道我会等你
（这是我们唯一的机会）

也不用那么在意

是的　你自有你的世界
我不可以怎么样打搅你
不想给你闹什么绯闻
这一生我已经害了一个女人
绝对不能再去害一个
那不是我的个性
我的妻子　下午的电话里
夸张地告诉我
不应该跟我结婚
应该找一个志同道合的
庄稼汉　打点地球
不要在热闹的城市
去跟他们争了又争

我说得也很生动　对
我也去找一个志同道合的
其实我要说的只是寻找这一片

沙漠里的绿洲
寂寞里的热情
要为我的诗找一个
不那么挑剔的读者　任我哄着
给自己加上自信

我知道网络里有我不太熟悉的东西
而且　很多
我还不会利用
她们已在自己制造
那么多的机会我白白地浪费
而且跟不是很相干的人聊天
又去游戏
对我来说不是很有意义
我应该在有限的时间
找到快乐　找到精神空间
谁知道　你年轻不年轻？

是的　走近你才知道

沙漠里还有另一个世界
它属于执着的人
属于那些敢于自由的跋涉者
他们带着沧桑
还带着年轻气盛
用闯劲战胜无端的谎言
用纯粹创造自己的天堂

透明的倾城

（一）

多年前的名句
穿透瞬间的情感
诗人的笔端刹那间震颤
——故事开始于修筑一个美丽城市
故事结束时城市已成为一片废墟——

一个伤病的女孩
为一份透明的心愿
在网络中穿梭
从新疆横跨太平洋到加拿大
从漠河南下到惠灵顿
她的阳光辐射
照明了许多飘忽的线索

黔灵湖畔的一只灵犬
在人民广场搭了一个平台
洛水不可多得的女神

旋律在夜晚飞翔
一块一块的磁盘
被缝补得越来越厚
这个七月
我终于叩开了伊甸园的门
上帝辐射来女性的阳光

我看得见
我听得着
我知道连我也在透明
我从来就不接受虚拟的世界
直到一天我被时光拦腰斩断
我才发现大家其实都已不在倾城
我重重地敲打每一扇城门
只听到孟姜女的哭声
她没有将她的爱人备份

在我敲过的城边
又留下了谁的印记

我不知道是来找谁的
我是倾城的主人
我又不是倾城的主人
倾城没有主人了
谁都可以是倾城的主人
我用手来呐喊
我用血来滋润

（二）

仿佛群芳灿烂的名园
我老气横秋地出现
不禁惊飞了蝴蝶
尽管我不断地被人搅乱了性别
而且搅乱了年龄
但我还是报以了宽慰的笑
我成为倾城里的一芽
显得拙劣和凝重

都是些夜的精魂
白日里飘浮在隐蔽的城市
这一夜我再也打不开城门
在一条怅惘的河边
我来不及将自己清洗
我只如睡梦中的那只飞鸟
时时来以喙啄门
每次都见到肥硕的告示
——全城戒严——

生命中第N次到了沙漠
到了情人的天堂
我仍然张望
躲在云层深处的有没有熟悉的翅膀
沧海月明　蓝田玉香
沙漠浸出了每一滴滴水
我却守望着另一株生命
另外的一种忧愁
慢慢绕进了名园

蛇一样的灵动
蛇一样的恶毒
倾城沸腾于一个傍晚
尽管不断地有人进出
但仿佛已成了今日的圆明园
遍地泪痕　遍野哀叹
我的不断绽放着的名花们
一瞬间失去了灵性
只留下从前的照片
好少女惜花的诗篇

我被一个重重的耳光打醒
跌在生活里
萌生了多少邪恶的念头
我来不及绽放
就已经凋谢
在这条怅惘的河边
我的雪在浸润

我的手在呐喊

（三）

我知道生活中无数的片段
起点于梦想
终点于缘尽
明月早已渐渐西去
三声唤出扶桑日的雄鸡
尽量地卖弄歌喉
一个细小的闹钟
将生命嘀嗒嘀嗒地耗蚀

被我惊飞的蝴蝶
与我颠倒了时差
白天她们都在练习飞翔
晚上她们停在何处
那是一种哀叹
在名园的张贴榜上

无数的鸟穿行而过
无数的鱼在寻找水
我忏悔我不停地错过她们
而将自己孤独地排在角落

尘埃不停地落下
“本来无一物”显得那么不堪一击
洗尽尘埃
水成了生命中无可替代的美丽
但尘埃终究是尘埃
小了又大　大了又小
一生一世不离我的左右
倾城因此不再透明

灾难来时
所有的防盗门都已失效
保安正在角落做一个饥馋的梦
口水流出嘴角
滴到了“花花公子”的制服上

管理员似乎都请了假
总之　昨夜晚班　今晨早班
已经是狼藉一片

祈祷和泪水都已过期
在夜中飞翔久了
就懂得了什么叫黑暗
忠实地打扫着花径
她抹上了胭脂
仍然微笑着开园
等待第一个游客
在一条惆怅的河边
怀念着透明的倾城
我用血来浸润
我用手来呐喊

名剑的观音

一声低吟
甩给世界一个粗大的惊叹号
一枚弱小的躯体
一颗波澜壮阔的心
如果不是天使
谁是你强大的支撑

你说　你最不能忘怀的心愿
是让天下所有关爱别人的人
得到关爱　得到幸福和甜美
没有人知道
你用温柔掩盖着自己
你用一种无奈厌世
那是一种世俗的病
却被我窥破你的初衷
让你默默　默默无语

天堂是这样的美
令人心碎地来自一种病态

在先天的病情里
你知道什么叫作与世无争
在你将离去以前
将不会给世界留一声呻吟

我没法体现自己的强壮
我比你高比你沉重
但是我比你不堪一击
你并不憔悴
即使你的发梢因忧愁而分了叉
即使你每一个夜晚都将忍受病疼
我不能伤心
我知道你是博爱的天使
你有着天使的美丽

山路崎岖
那是我们的人生
沙漠里的绿洲
那是人类进步的精神

红尘滚滚
我们会在什么样的角落相遇
打开一扇精美的窗
你给我带来神奇
我丈量过自己的躯体
却收获了社会的累赘

大象一千千
谁都是我沉重的十字架
小象千千一
谁都是我无法躲闪的轮回

在上一劫
谁是尘沙
谁是浮云
谁在给谁温暖的安慰

在这一世

谁是谁的偶然
谁是谁的缘分
注定你给我快乐
而我却在品尝伤悲
我的性格饱满
不抽烟　不喝酒
甚至没有不良的习惯
但仍然贴满了悲剧

读着路遥的沉重
读着月魂的飘逸
读着我们一起走过的凄清
暮霭沉沉　月光冷冷
我的心　重而浊
你的心　轻而清
那么　注定我将走下地狱
而你将回还来处　天庭

天使的眼泪

知道你在伤心
为我的真实存在
为我的不真实存在
我只是一个梦幻季节
苍天给风儿的梦幻
让你知道自己的价值
你在海洋深处渗出魂魄
照亮半边天宇
照亮我苍凉的感觉
我不知道
这样已经让你承担了
最后所有的无奈

希望现在就来一场雪
纷纷扬扬的排偶落下来
让我的心灵随你纯洁
但是我相信自己的污浊
足以让所有的雪毁掉名誉
你不是沧浪之水

你只是一个不太自信的
天使　正在流泪
让我的天空下着无边的雨
下着无法消除的苦恼

一个乐园耸立在我的对面
我过不去
我的人格扭曲
我期待着期待
盼望着盼望
人来人往　熙熙攘攘
打着响亮的旗帜
而我耽于幻想
唯有你　给我启动风帆
给我大海　给我蓝天
给我长长的雨
让我思念

我在孤独中孤独

是你温柔牵挂地来
我在热闹中孤独啊
你有你的幽怨
对于幸福的另一种解释
早已经显得那么荒诞
那不行　站着说话不晓得腰疼
对于城里人的生活
你理会不了我也说不明白
在诗歌的周围
竟然还有那么多的留念

我不敢惊叹
我有着伤感的经历
也做好了哭泣的打算
但是　我还想走
朝着快乐的岸边
那里有你铿锵的玫瑰
有着一笑而过的彩虹
当然　有正在飘落的雪

风儿啊　快些吧
在理想的一个世界
我将把天使的眼泪拭干

翡翠的猫咪

通常是在夜晚
我匆匆赶去跟自己约会
你当然有点怀疑
自己跟自己也叫约会？
但是　你知道世界真的已经很复杂
我们常常失去了自己
给别人看见的是躯体
让别人叫唤的是名字
而自己　仅仅活在夜晚
被夜色覆盖着的清新

就这样　猫咪也来了
当然这一切都十分偶然
我们有着一个共同的天使
她正在不舒服
引起了许多人的感慨
猫咪一路不停地叫唤
给天使许多亲情
而我只能默默无声

天使说会有错觉
那么　上帝会惊奇

谁的上帝那么讨厌
我只是不想让沙漠更加干旱
我只是不想让天使流淌更多的眼泪
守着她的绿洲
守着自己的灵魂
我不想吃饭
猫咪也只想抱着鱼儿睡觉
那么天真　就像一部大型的童话
如果还有安徒生　想来
他也会震惊

一个人的生命竟然不属于自己
而是属于一些不知名的
不想痛的　痛了
不想哭的　哭了
生活一下子让人疼

来不及半点准备
小猫走进了我的灵魂
不　她简直偷走了我珍藏很紧的东西
虽然只是一个名字
并且它早已经被大家援用

但是　你知道曾经
曾经　是一些牵挂
是一个仍然疼痛的记忆
情人就是那样的一本杂志
专供天下情人观赏
但是　情人太多
而且经过本世纪的开放
已经改变了滋味
猫咪想起来会不会也疼？
我已经千金散尽
当然只好放弃了专利

天使肯定会微笑了

因为她给我们透明的城池
给我们绿洲
更重要的是她还给了我
红色的咖啡
翡翠的猫咪
她让我知道我们仅仅的偶然
就已经足够属于天堂
就已经足够透明

天堂的女孩

请不要为我忧伤
她说　无数美丽的童话
滋润着女孩的天堂
然而　春天将尽
童话们终于走到收场
所有的主角都打着灯笼离去
天堂里没有月光
甚至是　没有了阳光
所有的星星都在一刹那
变得透骨的冰凉

你转身离我而去
鲜花从此不再开放
蝴蝶从此不再飞扬
旋律断了美妙乐章
乌云满天　污秽遍地
绿色从此变成了枯黄
天堂鸟　女孩的天堂
天堂鸟断了翅膀

箭一样地往下坠落了
那样的凄切　那样的迷茫

天堂的女孩　我的智慧
女孩的天堂　我的信仰
我的语言因你而苦涩
我的心因你而流浪
并没有摄取一句承诺
说放弃　显得那么的牵强
停下来吧　过往的尘世
所有的都可以见证
我的情趣因你的存在
彻底地拒绝了彷徨

又是一个休息日
一个上帝辉煌工作间隙
我守着自己的悲伤
天堂的女孩　我的玫瑰
女孩的天堂　我的梦想

为什么会在等待中
无辜失落　无故怅惘
高天滚滚　大地苍茫
谁在微笑中回首
带着无奈的清泪几行
天堂的女孩啊　离开你
我已经失去了方向

雨中的蝴蝶

海河的水流不远
渤海的波浪还没有滔天
蝴蝶啊　你在雨中
让寂寞爬上你的眼
或者深　或者浅
五个手指　指着苍天
你这样日夜不停地流泪
是否要让我们看懂惨淡

为这次玄虚的约会
你从昨天飞到今天
你是想让我获得更多的美丽
让我在明天里不沉迷于今天
但是　一个不速之客
将我的所有程序打乱
直到下午　你飞过来温婉
我依然走不出尘世
无法满足　自己的心愿

这场无边的雨当然流成了水
水漫进来　漫进女孩的小屋
漫进了你的心田
现在我们都在观望
潮湿的不只是爱情
还有更多的星星
和许多缀在人间草地上的
不断闪烁的眼睛　和脸

在沉闷的风里　你凝视灰色的天
你用无聊接受着风里的清淡
那是一种浓烈　药草的香
是它将蝴蝶的翅膀
妆成瑰丽的五颜六色
然而　现在你们都有心事
谁会更多地在意
会有谁真正明白
从一个善良的天使
到一只蝴蝶的翩跹

中间要跨过多少的生命线

看见我了吗
我蒙眬着的是流泪的眼
我为自己的失约
真诚地道歉
是我的过失　唐突了你的贞洁
是我的过失　让你委屈
让你在孤独中潸然
绝不是　为了在月光下
让一只善良的蝴蝶
寂寞地飞舞
在雨中品尝漫长
品尝忧伤中的　度日如年

明月天

其实，只有我这么傻的人
才会相信她随便的一句话
才会在7点就起
等待她9点的到来
她说　她是一个自由的女孩
她会在9点来
到6点才离去
让我到时候等她

注定了我的悲哀
我将自己的日程调整
放弃了外出旅行
放弃了跟一本新书的约会
我装着有很多的事
一定得在那个时间完成
其实　我是在等她

她说她很累
她已经忙了整整一天

被一场冷将她的裙子冻得很短
她很夸张地　领潮
她没有在她自己的沙漠
没有在属于她的世界
她说　其实她有点狼狈

我没有回答
我说　我给过她信息
她说　她要的是信
她要找一个人能给她证明
结婚　真的美丽
我说是的　是的
结婚是需要很大的勇气
比如　结婚了你还准备
离婚　或者其他等等的不高兴

而青春不再
谁会将它交给那些不负责的人
他在线的那端

说着甜言蜜语
他在现实里
却　不敢恭维

明月天只是晚上
晚上有一个孤独的灵魂
我们称他叫夜郎
他用广袤的健康
穿行在整个夜晚
等待第一声鸡啼

这种等待当然也是冒险
因为失败总有那么多的理由
而且　最重要的是
我们必须付出
天真也好　幼稚也好
那样真诚的信任
而不去怪她
也不怪其他人

飞天女神

花木兰

正在思春的季节
马蹄声声　竟然
敲碎了心事

父亲老泪纵横
他打过若干的仗
如今只想每日膝下
儿女承欢

弟弟没有说话
姐姐一直含羞
妈妈却只是望着木兰

村长拿着旱烟袋
一举就是一颤
边塞成了解不开的结

算了吧
黄河　黑山

如果只是征途漫漫
那就征途漫漫

万里　关山
十年　征战
等的就是今日的凯旋

算了吧
金子　高官
如果只是乡歌一片
那就乡歌一片

父亲母亲
多少个夜晚的怀想
姐姐弟弟
多少个日头的思念

如果你们已经开心
那就尽情一乐

如果你们吃惊
那就睁大眼看

黄花脸上
胭脂腮边
我是你们的将军啊
我是花——木——兰

女娲

我什么都不想做了
就想做个人来玩玩
我随便用什么都可以做出人来
既然是我的责任
但是我不想用其他的什么东西

我随手拿到的是泥土
那我当然就用了泥土
大家知道我只是一个女人
女人做事常常不用考虑更多
我是个女人　不能打乱这样的秩序

我用我女人的纤纤素手
将那样的一堆泥土擀细
都是些什么泥土啊
黄色让我想到了什么不好的东西
但是我没有细想
因为我现在只想做个人来玩玩
找一找当神仙的感觉

是怎么样的自由自在

不会有谁来阻止我
我们都一样地心想事成
做一个女人常常很开心
因为我们都是那样的不可理喻
并不需要什么借口就可以
那样的一堆黄土就这样被我慢慢倒进了水

虽然我不是很喜欢这样的感觉
但是　我将他们弄在手上
还是有点儿惬意
为什么是我　而不是别的什么人呢
我将要做出人来了
就用谁都看得见的泥土
我该不该为此而想想
或者真的应该画张图
但是女人本来就不喜欢画
想想还是可以的

就这样我随便一想
就有了男人的样子
怎么样的颧骨　怎么样的嘴唇
真的很好玩的啊
就是没有谁来跟我一起

现在　有了我自己的人了
我一点也高兴不起来
一个人还是那样的寂寞
像我　那还不如没有
看来我还得为他考虑更多
让他在人间不会感受孤独

慢慢地　我还得为他再造几个伴
那会花去我很多时间的
你知道　天使的时间有限
我将在无所事事中奔波
怎么会有更多的时间呆在这里

在想的时候　我又做出了另外的人
这样下去太慢了
干脆用一根草绳来
甩到泥盆里再甩出来
每一个点都是一个人
果然　面前一下子就多了那么多
蹦蹦跳跳着　着实让我高兴了一会

现在我想休息一下
让他们自己去闯天下
总是包办着他们
那么他们一定会很没出息

……

谁动手敲那样紧的门
好像我什么都得过问
果然　说是天漏了一个洞
说是有那么一个共工

被黄帝好好地耍了一盘
脸面上有点过不去
他想死了　但是他把头撞到了天柱上

天也倾斜　地也倾斜了
更坏的是　天上一下子漏了洞
正是我休息的时候
他们已经过了好多年
但是　现在已经变了天了
我不得不考虑一下怎么消遣

对了　我将用石头来烧
看它红了之后还有什么颜色
看吧　红了　橙了　黄了
绿了　青了　蓝了　紫了
七彩的东西我本来就爱
让那些仇恨着的泥土人
多一点爱心
让他们看看天空

好改变自己的情趣

我整整炼了那么多块
然后　我把它们全都装成了
卧室里的天花板
我跟你们一起只能在这个屋子里
吃　喝　拉　撒
你们看不见我的轻闲
我看得见你们的忙碌

织女

游泳不是我自己的主意
只是想去去还没有去过的地方
管什么美不美丽
但是树林里竟然躲藏着灾难
可惜我们当时只看见阳光
只听见自己的笑声
等待嬉戏已经劳累
等到回家的时刻已经不能再等
从清凉的湖水里站起来
我的衣服裤衩和胸罩
竟然没有了踪影

我知道只有下流的人
才会用下流的手段
尽管他说那不是他的主意
但是他还是霸占了我
我仅仅是一个弱小的女人
哪里抵挡得住庄稼汉的折腾
为了一块遮羞布

我毁掉了自己

多少的苦水
独自默默咽吞
生活是个陷阱
却让我一个人独自承担
白天　白天我有什么脸面
晚上　晚上我有什么时间

我只是想着诅咒
想着那个捣蛋的念头
姐姐　姐姐应该在天庭
她们会为我祝福
她们会来救我
希望不会太晚

希望　从来就不会太晚
只是我已经成了女人
并且奶着一双儿女

他们是我孤独的伙伴

怎么不让人气愤
命运的圈套早已经安排好
我挣不脱怨恨
也找不到姻缘

末了　还得饮这杯苦酒
每度七夕
都到鹊桥作作秀
哄骗哄骗可怜

精卫

我想再次飞起
你不能再阻挡我了啊
我要用自己的力气
飞过你给我的汪洋大海

我有的是年轻的勇气
那是我神奇的父亲
用他的双臂教给我的
我将要独自在海边玩耍
我要知道什么是大海
我要自己去理解水的滋味

但是　你却那样粗心
或者说那样的毫不在意
即使　没有人不认识我的父亲

这样看来　我是出生得太早
没有赶上快乐的年代
父亲每天起个大早

不知道又干了些什么
而我丝毫也想不起来我的母亲

那当然不是他们的责任
只怪我自己太不小心
将自己摔进了海的怀抱
那样的惬意
却又那样的短暂
让人从幸福走到了甜蜜
马上又懂得了绝望的威力

海洋神啊
莫非父亲在外有了外遇
早就跟你商量着　让我做出牺牲
我挣扎着　拼尽了所有的力气
我看见很多人都在旁边笑我
但是　没有一个人肯上前来扶我一把
没有谁给我一根竹竿
一把桨　或者一根绳

一艘小小的　船
他们宁愿看我的扑腾

也许你会说那只是天意
那么　我为什么不知道自己的命运
我不得不埋怨以强欺弱
以大欺小的不合理

我将自己完整地保存
并且巧妙地转移
到了一个有了鸟类的世纪
我终于张开了属于自己的翅膀
你知道　我将在你的身上
发泄我千年的怨气

现在　你成了我强大的对手
我一点也不会怕你
注定我们将成为仇家

那就让世界来辨别是非
我将扑腾着飞到你的头上
然后将我辛苦衔来的小小的泥
投放在你的水面
你看得到小小的波纹

小小的波纹
从此就波动了无数的哀吟
就这样告诉你
我死给你看了
但是　我并不因此泄气
我将用自己的抗争
教给那些需要勇气的人们
他们在未来的日子将会遇到
若干的敌人

无论是公元什么
我都将永远地跟他们站在一起

即使他们旁边有着炸弹
有着无所不侵的病菌
听着我一次一次的叫唤
精卫　精卫　精卫

西施

旖旎也好　妩媚也好
偌大的江南只是为我成长
在微波粼粼的水边
唱着妈妈教给的情歌
我行走在鱼米之乡

一只小小的手
不知是将它去提着篮子呢
还是捧着经不起折腾的心脏
长长的辫子一次次拂来
撩起了鱼儿的向往

来吧　为什么你们总要躲着我呢
我早已把你们当作孩子
让我们在一起自由自在地来往
天上的彩霞也是属于我们的
只要我们愉快起航

我在河边浣纱　在莲花旁

鱼儿逗趣　一一闪到了莲下
让我站起来看看那团乌云
从此　我将离开你们　到一个
很深很远的地方

是什么人的规定
由男人发动的战争
却要将女人拿去殉葬
我爱自己　也爱爱人
但是我更爱自己的家乡

女人注定将由男人占领
这里的蹊跷不因我改变
我哭湿了所有的裙裳
然后　我浓妆艳抹
走到了夫差的睡房

你要留下的既然是我
那就让他们都走吧

夫差笑了　他在笑我的傻样
而我用轻轻的悲凉
展示他的国富民强

我知道自己笑得很难看
但是我有责任这样笑
有谁知道那个多雨的季节
我的一只柔弱的肩膀
将担负起国家的希望

其实　一切都来得那样匆忙
才走出故乡　又走进故乡
十年的蹂躏　十年的保养
我不想做英雄
只想找个地方
洗尽心灵的创伤

一个从文的人蓄起了胡子
开始学习东奔西走的经商

荷花又在慢慢开放
旖旎也好　妩媚也好
偌大的江南　只是为我生长

白素贞

我招谁惹谁了
我只是想　既然成仙那么绝望
那就找个人好好爱一生
而且　那个人已经来了
我是不是蛇　已经不是那么重要
那个人已经爱上我了
这正是我所希望的
男情女愿

我们只想在西湖边上
好好活着
然后生个孩子
把他好好抚养成人
虽然不一定要继承父亲的职业
但是他可以去参加高考
在众多的才子里边露出头角
尽管他没有喝过营养液
也没有补过任何钙

但是　他是我们的孩子
妹妹早就劝我说
人间并不都是那样美丽
没有必要去动真情
她好善良
为了我的事业竟然独身
当我的使女
我的心事她全知道啊

多事的法海　我一辈子都不想放过
尽管他比我多了点法术
但是他也不要指望我会屈服
我只是为自己一时的盲动
水漫了金山
淹死了许多无辜的生命
我只是在一瞬间默默忏悔
才让他打中
然后默默地在塔下检讨
自己的罪孽

孩子不是罪过
丈夫也没有罪过
虽然他听信了谗言
但是　想到那些害人的妖精
下班了还不回家
一门心思就等着勾引成熟男人
那么夸张地说
不同的年龄要用不同的办法
把六十岁的男人思想搞混乱
把五十岁的男人的财产霸占
把四十岁的男人搞得妻离子散
那当然是人间的灾难啊

我在别人的眼睛里
不也是这样的一个妖精
谁让我们生来的时候
就已经失去了做人的机会
这里哪有什么公平啊

在人的世界里
其他生命　有几种还是生命
更没有了资格拥有爱情

时光匆匆
是谁来敲我沉寂的门
告诉我　他们虚构的美丽情节
小青　小青已经报仇
儿子　儿子已经成人
法海　法海已经圆寂
哭一场吧
这么多年已经过去
我的心中已经没有了仇恨
雷峰塔倒了
但是　人们还会再起
不知道被压在塔下的
这回轮到了什么生命

昭君

在那个美丽的秋天
所有的汉朝人都在看着洛阳
我将以皇帝女儿的身份
走进草原的宽广
一阵凉意　透过了汉朝的胸膛

一个小小的宫廷画师
竟然已经懂得了深刻的腐败
我来自泥土味浓烈的村野
哪里管得了自己的前途
在三千佳丽的后宫

我们一起哭过一起笑过
现在我将已经用不上的东西
如数赠送给我的姐妹们
我要去的是塞外
是遍地黄草　用不上江南的妩媚

一个粗犷的汉子

虽然未曾谋面
但是　就那一瞬间
已经把他认作了自己的男人

跟所有的汉朝女子一样
我将自己的命运交给了陌生人
汉人胡人只有穿戴的不同
我不再看中外表
虽然他一样还包有多少二奶
但是哪一个又由得我自己的选择

我在自己的责任田里
一下子就被带来了深宫
我想把那些害人的人全除掉
但是又有谁会帮我
感叹了　命运还得由自己改变

最可笑的是那个至高无上的老头

他目瞪口呆地看着我
他自己说过的　他的女儿
流露出来的　却是爱恋
男人对女人的明明白白

相信你又能够这样
谁让你是金口玉言
离开是我自己的选择
为了一个平稳的时代
为了他远道而来的真诚

大家都来做出点牺牲吧
在广袤的草原
我将骑在马上奔驰
跟他们一起玩耍狩猎
跟他们一起东征西战

女人站在了世界的舞台上

那就让女人自己做点高兴的事
除了缝缝补补　除了生儿育女
我们一样可以让平民休养生息
还世界一片安定团结

貂蝉

我被男人玩弄于股掌之间
我早已经失去了父亲母亲
只为义父的月下的一声低吟
这一生就只能交给这个男人
我问过明月　明月不语

战争让女人走开
女人也不需要战争
我真的很想很想走开
但是　义父哭了　像个女人
我最怕男人的眼泪

他让我不言不语
让我做一个任人摆布的傀儡
他找来一块盖头
将我的双眼蒙蔽
但我还是偷偷看到了青年的英俊

如果我要嫁人

就要嫁一个盖世英雄
要随他风里雨里
走遍城市和乡村
让所有人知道我的美丽

女人的美丽和男人的才智
都是属于世界的
义父谆谆教诲
他在告诉我的“夫君”
他要忍耐　要从大局考虑

我明白这是一场美丽的骗局
但是　我不会开口
我沉默着看着他沉默着离去
我将成为他的庶母了
他再来时　他下了杀心

他说那个老头　只是看中了他的力气

他做他的儿子只是想混碗饭吃
现在　他不想让人夺走
他的赤兔马　方天画戟
还有他心仪的情人的美丽

义父笑过之后告诉我
你将改变历史了
你将成为一个了不起的奇迹
你让一对狼狈为奸的父子
成了真正的敌人

杀掉他吧　我跟你走
我用哭哭啼啼的眼神
让东汉打了个寒战
儿子在手软的时候奔跑
在心冷的时候却那样地坚定

就这样看淡了千千红尘

我们从朝廷离去
后来啊　人们说我
将男人和朝代玩弄于股掌之间
我也不跟他们争什么闲气

孟姜女

姓孟又姓姜的葫芦女
千百年前是无名的美女
你一哭倒长城
孟姜便是你

你痴情一生
为偶然的夫君走千里塞北
送鹅毛送情义
逃过深水高山和流氓军阀
赢得支持忠贞

为此才有人听你哭琴
才得你滴血认尸
新婚别离情犹炽
有谁知道再相见啊
已是两世姻缘

人已腐烂　腐烂成土
如何再认出丈夫

你的凄惨悲愁
击碎役人　击破历史
长城为你凄切倒下

你已舌干口哑　肠断发白
为此你哭透历史
千百年
哭声源源而来

历史老了　长城老了
只有你的哭声和爱情
依然美丽
依然年轻

玉环

那段长生的爱情
就算是我的生命的纪念
我仅仅只给后人留下了它
哪怕一只脚上的丝袜
都在小品里被人们当作噱头

做个女人　做个充足的女人
在时光上消遣男人的世界
我最喜欢的地方只有华清池了
它让我一点一点地妩媚
让我一点一点地迷人

最搞笑的当然算得上吃荔枝的事
一路风尘的马上健儿
竟然是风尘仆仆地送来荔枝
真的让人开心
从广东到陕西有很远很远的距离

但是我要　我对那个声声说爱我的男人说

我要新鲜的荔枝
我没有把他当成皇帝
我只是轻轻撒了点娇
然后我对他说　没有皇帝办不到的事情

拈着他的胡须
那个老人笑了
笑得那样年轻
洗过澡　吃过荔枝
他把我抱到了长生殿

这样快乐的时光真的那么快乐吗
我哄不了自己　山盟海誓
仅仅只是山盟海誓
只有快快乐乐地享受
才是实实在在的真

看过太多的假　就不会感到那么的假了

我抚摩着身上的伤口　安慰自己
女人最大的美丽就是属于皇帝
那叫　天　下　一　人
我跟我的姐妹一起　兄弟一起

谁说女人无用了　父老乡亲
要钱有钱　要权有权
要风得风　要雨得雨
还有那么多的达官贵人争着来孝顺
我有多么的健康和温婉的柔情

想不到一阵鼓响
竟然不是来自后面的梨园
老李告诉我说　快走吧
竟然是那样的失落
他说他带我到四川旅游去

在马家的地方他让我等着

然后来了几个人说让我“去”
他们对着一根红色的绸子
暧昧的眼神让我明白了一切
我从此丢下了那个失神的老人

秦罗敷

如果你要猜我的爱恋
仅仅只是采桑
阳光早晨
三春路边
单着身　或者有伙伴
只要有着青青的桑叶采
然后让蝴蝶带回去
照顾　肥肥胖胖的蚕

我是不一样的美女
不会坐在家中享受
更不知道麻将和卡拉OK
对我来说
男人并不是那么可厌
但是三千弱水　弱水三千
还有弥漫尘土的网恋

不如春歌一曲
让他们眼睛解解馋

只要他们不做那个讨厌的太守
几句酸溜溜的含蓄
却那么傻傻的明白

他不知道如今的美女不再缺钱
更不会缺少富贵
只要她让人们知道她的美丽
就会有火　就会有光
就会有风云雨电

让丑女们疯去
让男人们疯去
如果能够让我美丽如初
我愿意一直采桑
如痴如醉　如醉如痴

刘兰芝

一切都是那样的熟悉
一切又都那样的遥远
婆母的挑剔
丈夫的温顺
小姑的无言
孔雀已经飞过了多少季节

美丽的绿孔雀
如今就只待在南方
那是对北方的伤感
三更起来劳作
被邻居指为促织
灵巧的双手
让妇女们嫉恨啊

婆母还是挑剔
丈夫还是温顺
小姑还是无言
孔雀看了看院子里的枯树

又清丽地飞走

池塘里的鸳鸯
在鱼戏莲花里
又逗弄着淅淅沥沥的雨
勾动情思无限
要是有个孩子就好了
至少在伤心的时间
有个安心的倾诉对象
至少在绝望的边缘
有一个纯粹的希望

我已经丈量了坟墓方圆
并且偷偷地试探了谁的深浅
至少可以在荷花的清香中
跟自由的鱼儿会个面
而且　鸟儿还会来
就在那棵连理枝的树梢
它会永远叫着我的名字

你看见孔雀了吗
如今它们被关在北方
偶然开屏
仍然跟那时一样

祝英台

如果世界没有了花
如果生命没有了爱
谁还会记得
花轿路边
蝴蝶坟前
那片飞舞的云
那片玲珑的情
和那个被爱击碎的
小小的英台

不是东风不来
不是鲜花不开
是一个注定的悲剧
戏装要由她来穿戴

连理枝在先秦
比翼鸟在汉代
父亲何暴
母亲何柔

我只有这样一点
小小的快乐
拿诗吟哦
拿花剪裁

公卿三百何谓情
诸侯三千何谓爱
我只取一握轻风
我只取一瓢弱水
任蛙鸣任蝉噪
或者波澜起伏
或者泛滥成灾

梁兄啊
黄泉路上请慢一步行
望乡台前请听一声哀
卸下红裙
往日不再
一袭素衣

三年情怀

梁兄啊
你走了
这个世界就没有了爱
趁惊雷滚滚
趁电闪澎湃
打开你的坟
快带我离开

如果世界没有了花
那就让我们来
如果世界没有了爱
那就让我们来
当云散雨尽
满天虹彩
一对蝴蝶
爱情绝代

嫦娥

一部长篇的故事
岂能只容一个辉煌的主角

在他的光芒下
在他的阴影下
在遍地的阳光中
风是怎么起的
云是怎么消的
总之　我必将成为另一个主角

不是因为我是妻子
蛮不讲理的妻子

我们从来处来
生活过了　拥有过了
我们向去处去
又怎能容你在那方指指点点

西王母　西王母

瑶池是个伊甸园
那里有仙桃仙鹤
还有成群的骏马和美女
她们不缺我一个

灵丹是一片谎言
我是众多谎言中的一个
却不妨碍我追求冰清玉洁

嫘祖

算了　外面就交给男人吧
家务繁忙
总有许多头绪要捋

谁让我们失去了尖爪利齿的功能
谁让我们站到地面
行走独立

风是注定要吹的
一如阳光
昨夜阴沉　今日通明
暖和　全聚在我身上

祖宗已掉下长长的毛层
并在羞处遮着树叶
让我们远离了赤身裸体

谁交给谁工作
谁完成谁的使命

我只知道在思维的后面
在语言交流的后面
我们结绳记了事
我们立起了房屋
就用我们制造的劳动工具

生活的根本只在饱暖二字
为了吃饱
我们习惯了杂食
为了取暖
我们懂得了火的珍贵
只是我们的表面单薄
已经跟室温产生了很大差距

这时候最重要的动物不是猴子
而是墙角结网的蜘蛛
它让我懂得了弄丝的技巧
从而织出了人类第一片织品

如今还在祭祀我的人群啊
善待着这个小小的蜘蛛
以及它的依存
以及这个小小的地球
善待着人类不朽的生命